Analyse de l'œuvre

Par Maria Puerto Gomez
et Kelly Carrein

7 ans après…

de Guillaume Musso

Rendez-vous sur lepetitlitteraire.fr et découvrez :

Plus de 1200 analyses
Claires et synthétiques
Téléchargeables en 30 secondes
À imprimer chez soi

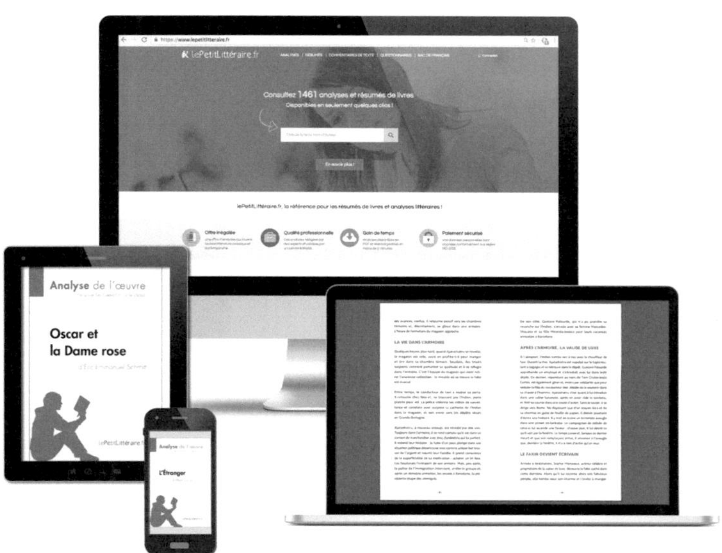

GUILLAUME MUSSO

ÉCRIVAIN FRANÇAIS

- **Né en 1974 à Antibes (Alpes-Maritime)**
- **Quelques-unes de ses œuvres :**
  - *Skidamarink* (2001), roman
  - *Et après...* (2004), roman
  - *La Fille de papier* (2010), roman

Guillaume Musso a très tôt conscience de sa vocation d'écrivain. À 19 ans, il effectue d'ailleurs un séjour à New York qui lui inspire déjà de nombreuses idées de romans. Diplômé en sciences économiques, il enseigne cette matière jusqu'en 2008. En 2004 parait son livre *Et après...*, vendu à un million d'exemplaires et traduit dans une vingtaine de langues. Les lecteurs ne cesseront par la suite de s'enthousiasmer pour chacun de ses romans, comme *Sauve-moi* (2005), *Seras-tu là ?* (2006), *Parce que je t'aime* (2007), etc. Il est aujourd'hui l'un des auteurs favoris du grand public, et plusieurs de ses œuvres ont été adaptées au cinéma.

7 ANS APRÈS...

UN THRILLER SOUS FORME DE JEU DE PISTES

- **Genre :** roman
- **Édition de référence :** *7 ans après...*, Paris, XO Éditions, 2012, 400 p.
- **1ʳᵉ édition :** 2012
- **Thématiques :** retrouvailles, disparition, jeu de piste, enquête, drogue, divorce, amour

Sebastian, un père extrêmement protecteur, et Nikki, une artiste bohème, sont séparés depuis des années et ont chacun la garde de l'un de leurs jumeaux, Camille et Jeremy. Mais la disparition de Jeremy les contraint tous deux à se côtoyer une nouvelle fois, à s'entendre et à s'organiser pour tenter de le retrouver. Ils sont loin d'imaginer que le complexe jeu de piste qu'ils suivent jusqu'à Paris a été organisé par leurs enfants dans l'espoir de les voir à nouveau réunis. Mais dès le départ, les choses se compliquent, car Camille et Jeremy sont la cible d'un impitoyable cartel brésilien qui cherche une cargaison de cocaïne, perdue lors du crash d'un avion dans la jungle. À l'issue de cette épopée, Sebastian et Nikki décideront de s'offrir une deuxième chance.

Paru en 2012, *7 ans après...* a rencontré, tout comme les précédents romans de Guillaume Musso, un grand succès en librairie.

RÉSUMÉ

DES RETROUVAILLES TENDUES

Sebastian Larabee est un homme réservé qui déteste l'imprévu. Il a été marié pendant quelques années à Nikki, qui est son exact opposé.

Ils s'étaient rencontrés dans une boutique à la veille de Noël. Sebastian cherchait un cadeau pour sa mère et avait immédiatement été ébloui par Nikki, prise en flagrant délit de vol. L'intervention impromptue de Sebastian avait alors permis à la jeune femme de ne pas être inquiétée.

Par la suite, il a l'avait invitée à boire un verre, mais Nikki en avait profité pour lui dérober son portefeuille. Le soir, elle s'était rendue chez lui, ivre, et ils avaient fait l'amour, puis elle avait disparu.

Sebastian l'avait cherchée pendant quatre mois. Lorsqu'ils s'étaient retrouvés, ils avaient passé la nuit ensemble et, le lendemain, Sebastian lui avait demandé de lui laisser 24 heures pour la convaincre qu'ils étaient faits l'un pour l'autre. Il y était parvenu.

Ensemble, ils ont eu des jumeaux : Camille et Jeremy. Mais à la suite de leur divorce, ceux-ci ont été séparés. Sebastian s'occupe maintenant de Camille, tandis que Nikki se charge de Jeremy. Les deux enfants jouissent donc d'une éducation totalement différente.

En père excessivement protecteur, Sebastian inspecte la chambre de sa fille adolescente chaque semaine. Lorsqu'il découvre des pilules contraceptives, il s'emporte et la gifle. Terrorisé à l'idée de perdre Camille, il ne se résout pas à prévenir son ex-femme. Or, étonnamment, c'est elle qui l'appelle, pour une tout autre raison : son fils Jeremy a disparu depuis trois jours, ce qui l'inquiète.

Les retrouvailles entre Sebastian et Nikki sont tendues, d'autant plus que celle-ci n'a toujours pas signalé la disparition de leur fils à la police. Sebastian critique l'éducation trop permissive donnée à Jeremy et découvre qu'il ignore tout de son fils : son casier judiciaire pour des délits mineurs, sa passion pour le cinéma et son gout pour le poker. Nikki, quant à elle, reproche à son ex-mari d'être « toujours coincé au XIXe siècle » (p. 57).

En fouillant la chambre du garçon et en interrogeant son ami Thomas, les parents apprennent que Jeremy était mêlé à des parties de poker illégales, qu'il avait besoin d'argent et qu'il flirtait avec une Brésilienne plus âgée, rencontrée sur Internet. Ils décident alors de s'allier pour le retrouver, et cela malgré leurs différences fondamentales. Face à la gravité de la situation, Sebastian privilégie la recherche de son fils à un juteux contrat. Nikki, quant à elle, demande de l'aide à son nouveau compagnon, Santos, qui est policier.

EN ROUTE VERS LE DANGER

Sebastian et Nikki rejoignent l'appartement de cette dernière et le trouvent saccagé. Ils découvrent aussi un kilo de cocaïne dans la mallette de poker de Jeremy et l'adresse du bar où il jouait. Unis dans l'adversité et par leur volonté commune de protéger leur fils, ils jettent la cocaïne dans les toilettes. Nikki emmène ensuite

Camille à la gare pour qu'elle se rende chez sa grand-mère, où elle sera plus en sécurité qu'à Manhattan.

De son côté, Sebastian se rend dans le quartier malfamé où Jeremy jouait au poker dans l'idée de dédommager Drake Decker, le propriétaire du bar, pour la cocaïne perdue. Sebastian le trouve baignant dans son sang, à l'article de la mort. Il appelle les secours avant de tenter de quitter les lieux, mais c'est alors qu'il est agressé par un colosse tatoué. Nikki arrive et, au terme d'un combat violent, ils parviennent à le tuer et à sauver leurs vies.

Ils fuient le lieu du crime et reçoivent ensuite un appel et une vidéo montrant l'enlèvement de leur fils. Non sans mal, Nikki et Sebastian reconnaissent une station de métro parisienne. Ils prennent donc l'avion le soir même pour Paris.

Sans nouvelles de Nikki, Santos retourne chez elle, y trouve des traces de cocaïne et la réservation des billets d'avion. Il découvre que c'est Sebastian qui a passé l'appel depuis le bar, et que ses empreintes et celles de Nikki ont été trouvées sur place. Il voit là l'occasion de se débarrasser de l'ex-mari en lui faisant porter le chapeau, tout en sauvant Nikki de la justice.

À Paris, Sebastian et Nikki apprennent avec stupéfaction que leur arrivée était programmée depuis une semaine, et qu'une chambre d'hôtel romantique ainsi qu'un diner sur un bateau ont été réservés à leur nom. En attendant, Sebastian commence ses recherches et interroge un vendeur à la sauvette dans le métro : celui-ci dit avoir vu Jeremy chez un trafiquant de tabac. Malheureusement, il s'agit d'un piège : Sebastian se fait rouer de coups et détrousser.

Alors que Nikki soigne les blessures de Sebastian, des habits de soirée leur sont livrés à leur grande surprise. Ils y trouvent le ticket d'une consigne de la gare du Nord. Celle-ci contient le sac de Jeremy et une clé.

L'ENQUÊTE DE POLICE

De son côté, la police de New York mène son enquête sur le cadavre découvert dans le bar. Ils recherchent Sebastian et Nikki pour meurtre, trafic de drogue et délit de fuite. À Paris, c'est Constance Lagrange, capitaine de la Brigade de recherche des fugitifs, qui est en charge du dossier. Celle-ci souffre d'une grave tumeur au cerveau et n'a pas informé sa hiérarchie qu'il ne lui reste que quelques semaines à vivre. Elle se lance à la recherche de Sebastian et de Nikki, et découvre leurs projets pour la soirée.

À bord du bateau, malgré l'ambiance feutrée et romantique, Sebastian et Nikki se disputent. Les esprits se calment lorsque Nikki comprend que la clé trouvée dans le sac de Jeremy peut ouvrir l'un des cadenas attachés au grillage du pont des Arts. Au moment de descendre du bateau, le couple repère les policiers. Une course-poursuite s'engage alors, mais Sebastian et Nikki parviennent à s'échapper.

Ils se rendent au pont des Arts et réussissent à ouvrir l'un des nombreux cadenas. Les numéros figurant sur celui-ci sont en fait des coordonnées de géolocalisation qui les conduisent jusqu'à une librairie. Le libraire les reconnait, car une photo d'eux se trouvait dans sa dernière acquisition, un livre dédicacé de Gabriel García Marquez (écrivain colombien, 1928-2014), *L'Amour aux temps du choléra* (1985), que Sebastian gardait pourtant dans son coffre-fort. Nikki pense qu'ils doivent se rendre sur le lieu où la photo a été prise. Entretemps, Sebastian apprend que Camille n'est jamais arrivée chez sa grand-mère, alors qu'elle lui avait affirmé quelques heures plus tôt avoir hâte de s'y rendre.

Furieuse que les Larabee lui aient échappé, Constance étudie les relevés des comptes bancaires de Sebastian, que Santos lui a envoyés. Elle remarque un paiement effectué par une librairie parisienne, s'y rend et retrouve les fuyards. Une nouvelle course-poursuite s'engage, jusqu'à ce que les Larabee, à bord d'un tricycle motorisé, percutent un train touristique. Alors que Constance les menace avec son arme, elle s'évanouit.

Les Larabee, qui ont ramené Constance chez elle, lui racontent leur histoire et lui demandent de l'aide. Constance y consent et leur apprend que la vidéo a été tournée par Simon, un étudiant américain en cinéma en échange scolaire à Paris, meilleur ami de Jeremy, dans une station fantôme consacrée aux tournages de films. Selon Constance, Jeremy aurait donc simulé son enlèvement pour réunir ses parents.

Nikki et Sebastian peinent à croire cette théorie, car elle n'explique par le meurtre de Drake Decker ni la présence de cocaïne dans l'appartement dévasté. Simon leur confirme pourtant que Jeremy et Camille ont monté toute cette aventure pour les réunir. Les deux jeunes gens devaient retrouver leurs parents aux jardins des Tuileries, dernière étape de leur jeu de piste. Il leur dit également toute la vérité sur leur partie de poker illégale et sur le vol de la mallette : Jeremy et Simon ont gagné plus de 5 000 dollars à une partie de poker illégale organisée par Decker et ont volé sa mallette, car il ne voulait pas les payer.

Simon annonce encore que Jeremy est parti au Brésil rencontrer Flavia, la Brésilienne qu'il draguait sur Facebook, et que Camille, inquiète, est partie le rejoindre. Depuis leur départ pour l'Amérique du Sud, il est sans nouvelles de ses amis. Sebastian et Nikki décident aussitôt de s'envoler pour Rio.

À New York, Santos continue ses recherches, mais celles-ci stagnent. Il découvre que Decker et Jeremy ont passé quelques minutes dans la même cellule alors que ce dernier avait commis un vol. Il trouve également le téléphone portable du garçon et les enregistrements de ses séances chez le psychologue, au cours desquelles il exprime son espoir de réunir ses parents. Le policier découvre également que l'homme tué au bar appartenait au cartel brésilien de Seringueiros, réputé très dangereux. Il décide de se rendre au Brésil pour poursuivre l'enquête.

LE CARTEL DE SERINGUEIROS

Arrivés à Ipanema (quartier riche de Rio de Janeiro), Nikki et Sebastian retrouvent la trace de Flavia, grâce à l'une de ses amies et collègues, Cristina. Celle-ci les emmène chez Flavia, dans les favélas (bidonvilles brésiliens). Ils y trouvent le téléphone de Camille et apprennent que des hommes armés du cartel de Seringueiros ont enlevé les deux adolescents et Flavia.

À l'hôtel, Sebastian et Nikki s'embrassent avec fougue lorsque le téléphone de Camille sonne, annonçant la réception d'un SMS. Un rendez-vous leur est donné à Manaus, une autre ville située à plus de 300 kilomètres de Rio, où leurs enfants leur seront rendus en échange d'une carte. Sans savoir de quelle carte il s'agit, ils s'y rendent.

Dans l'avion, Nikki découvre que le baladeur numérique qu'elle possède n'est pas celui de son fils, comme elle l'avait initialement cru, et qu'il contient une carte et des photos d'un avion écrasé avec une cargaison importante de cocaïne. Elle en envoie une copie à Santos, déjà au Brésil, et à Constance, pour qu'elle tente d'identifier les trafiquants présents sur les clichés.

Constance leur apprend que Flavia est en vérité Sophia Cardoza, la fille du chef du cartel de Seringueiros, qu'elle cherche à diriger depuis que son père est en prison, et que le baladeur appartient en fait au frère de Decker, Memphis, assassiné lui aussi. L'affaire devient plus claire : Memphis avait photographié l'avion écrasé avec sa cargaison et conservé ses clichés sur son appareil ; Drake s'est ensuite fait voler celui-ci par Jeremy et Simon ; le colosse tué par Nikki et Sebastian, dans le bar de Drake, cherchait à récupérer ces documents compromettants ; Flavia a réussi à retrouver la trace de Jeremy sur Internet et l'a séduit pour récupérer ces données et ainsi découvrir l'emplacement de l'avion.

Nikki et Sebastian décident néanmoins de se rendre au rendez-vous. Parce que Nikki s'est débarrassée du baladeur et en a mémorisé la carte, les narcotrafiquants sont contraints de les emmener avec eux et de les garder en vie pendant encore quelque temps. Alors qu'ils arrivent à l'épave de l'avion, Santos, retranché à l'intérieur, leur tire dessus et tue les trafiquants à l'exception de Flavia et de son garde du corps, mais il est lui-même mortellement touché. Flavia ordonne à son homme de main de tuer la famille, mais lorsqu'elle entre dans l'avion, Santos réussit, avant de mourir, à lui passer les menottes. Ses cris attirent le garde du corps, qui la tue afin de garder le butin pour lui. Mais Sebastian les enferme dans l'avion et, avec le briquet de Santos, fait exploser l'engin.

Dans l'épilogue, le lecteur retrouve Nikki et Sebastian deux ans plus tard. Ils ont donné naissance à deux autres jumeaux.

ÉTUDE DES PERSONNAGES

SEBASTIAN

Luthier de renom international, Sebastian est un homme « discret et réservé », « le produit d'une éducation élitiste et bourgeoise » (p. 26). Il a peur des changements et de l'incertitude, et planifie avec rigidité « son existence jusque dans les moindres détails, luttant sans cesse pour éradiquer l'imprévu et s'employant avec une obsession maniaque à se maintenir dans les rails d'une vie rassurante » (p. 117). Les péripéties du roman montreront pourtant qu'il est également capable de gérer des situations tendues et dangereuses.

Sebastian a vécu un divorce difficile d'avec sa femme Nikki, sept ans auparavant. Pensant que leur histoire a été une façon de « transgresser un interdit » (p. 27), il attribue leur rupture au fait qu'ils « n'avaient en commun ni l'origine sociale, ni l'éducation, ni même la religion » (p. 26). Cela explique les complexes, les malentendus, les reproches ainsi que les sentiments « d'aigreur et de colère » (p. 25) qu'il ressent envers son ex-femme. Il a une relation peu sérieuse avec Natalia, une danseuse de ballet.

Conséquence du divorce, les jumeaux du couple ont été séparés, et Sebastian vit désormais avec sa fille dans une maison chic de trois étages, dans un quartier aristocratique « qui appart[ient] à la famille Larabee depuis trois générations » (p. 10), une « bulle préservée du tumulte et de l'agitation » (p. 19). Sebastian est d'ailleurs un « casanier » (p. 63) qui vit « replié sur lui-même, se créant un monde sur mesure » (p. 21).

C'est un père très protecteur qui, depuis la préadolescence de Camille, fait une « inspection hebdomadaire » (p. 11) de la chambre de sa fille, vérifiant son armoire, son portable, sa trousse de toilette. Il a installé un logiciel espion dans son ordinateur. Camille représente sa plus grande fierté, et il veille de très près à son éducation, convaincu que son « rôle de père [est] d'anticiper et d'éloigner les dangers potentiels que [peut] courir sa fille » (p. 3). Sa plus grande peur est qu'elle grandisse trop vite et s'éloigne de lui.

Ses relations avec Jeremy sont en revanche presque inexistantes. Lorsque celui-ci disparait, il se rend compte qu'il ignore ses gouts, son passé, ses problèmes, ses projets. Il se remet alors peu à peu en question et admet que Jeremy n'est pas « le fils qu'il aurait voulu avoir, parce qu'il ressembl[e] trop à sa mère » (p. 43), ce qui explique qu'il se soit « désintéressé de son évolution » (*ibid.*). Il finit par en être fier quand il se rend compte des efforts déployés par l'adolescent pour les réunir.

NIKKI

Ancienne mannequin d'origine polonaise, reconvertie dans la peinture, Nikki est l'opposé de Sebastian. Cette femme très séduisante aux cheveux teints en roux et à la silhouette « sportive et élancée » (p. 32) aime vivre « au jour le jour » dans « l'excès, droguée aux sentiments et aux effusions » (p. 26). Son appartement se situe dans un quartier qui est « l'ancien bastion des dockers et de la mafia » (p. 31), devenu à présent « un territoire en pleine mutation, hype et bohème » (*ibid.*). Au début du roman, elle est en couple avec un policier prénommé Lorenzo.

Cleptomane, insouciante, « vive d'esprit, extravertie et passionnée » (p. 26), elle se considère aussi comme « instable, infidèle et égoïste » (p. 179). Elle a « volontiers recours à l'humour pour surmonter les situations les plus graves » (p. 240), et son besoin de liberté est très prégnant ; il explique d'ailleurs sa phobie des avions : « Elle avait l'impression d'abdiquer toute liberté, de n'avoir plus aucun contrôle de la situation. » (p. 116)

Comme Sebastian avec Jeremy, elle entretient des relations lointaines avec sa fille Camille. Adolescente brillante, cultivée et sérieuse, celle-ci ravive en elle ses anciens complexes, la crainte de ne pas être à la hauteur, de décevoir dans un monde auquel elle n'appartient pas. Persuadée que leur rupture était inéluctable, Nikki « avait pris les devants, multipliant les amants, s'engageant dans une spirale destructrice et absurde » (p. 164). Le point de non-retour avait alors été atteint le jour où, étant avec son amant, elle avait oublié d'aller chercher Camille qui avait alors eu un accident qui aurait pu lui couter la vie.

Sa sensibilité débordante l'amène à avoir recours à des anxiolytiques et au cannabis, qu'elle cultive sur le toit de son appartement. Elle voudrait « rester jeune » (p. 216) et, croyant que les hommes ne s'intéressent à elle que pour son physique, et non pour son intelligence ou sa personnalité, elle a une « peur panique d'être abandonnée » (p. 164), ce qui la fait s'épuiser « à vouloir se rassurer sur sa capacité à séduire » (p. 163) et la pousse à accumuler les conquêtes sans lendemain pour ne pas se sentir seule.

« Adepte de la libération des mœurs et de tous ces préceptes prétendument progressistes » (p. 25), elle laisse à son fils une autonomie presque totale. Cette éducation trop permissive lui est d'ailleurs souvent reprochée. Et lors de la fugue de Jeremy, « pour la première fois de sa vie, elle regrett[e] de l'avoir élevé en le laissant si indépendant » (p. 48).

Mais Nikki s'efforce de surmonter ses crises de panique, elle répond sans hésiter à la violence physique de Sebastian, défend farouchement sa vie face à l'assassin du bar et se montre prête à tout pour sauver ses enfants, y compris tenir tête à des trafiquants.

LES JUMEAUX : CAMILLE ET JEREMY

Jeune adolescente de 15 ans, Camille vit avec son père, dont elle était très proche, mais qui n'a pas accepté son passage du statut de jeune fille à celui de jeune femme (impliquant notamment la prise de la pilule, l'achat de sous-vêtements et de chaussures plus sexys, etc.). Sportive, elle pratique l'équitation, le tennis et la course à pied. Elle est également très bonne élève et fréquente un établissement scolaire privé. L'éducation de son père en a fait une jeune fille cultivée, férue de littérature, de cinéma, de théâtre, etc.

Frère jumeau de Camille, Jeremy est pourtant son opposé, sans doute en raison des éducations divergentes qu'ils ont reçues l'un et l'autre. Il n'hésite pas à découcher sans donner de nouvelles à sa mère et a même un casier judiciaire (vol, tags, etc.). Ses intérêts sont multiples : le poker, le cinéma, les jeux vidéos. Il désire d'ailleurs « intégrer une école de cinéma […], devenir réalisateur » (p. 320).

Physiquement, il a « hérité de l'ascendance polonaise de Nikki. Une beauté froide, comme inaccessible, un corps élancé, des cheveux raides, un nez bien dessiné, des yeux très clairs » (p. 318). Sa mère l'a élevé en lui laissant une très – peut-être trop – grande indépendance. Elle le qualifie de jeune garçon « gentil, sensible et fragile » (p. 283) à la recherche de l'approbation de son père.

Les deux jumeaux sont des adolescents ordinaires au début du roman. Leur lien fraternel, distendu depuis la séparation de leurs parents, s'est reformé quelques mois plus tôt, ce qui les conduit à élaborer un plan fantasque pour réunir leurs parents et recomposer leur famille éclatée. Ils construisent une histoire romancée et complexe en plusieurs étapes. Ils vont jusqu'à prélever de l'argent à leurs propres parents pour que leur projet aboutisse sans encombre. Les jumeaux sont donc sans conteste astucieux et imaginatifs, mais cela ne leur suffira pas : livrés à eux-mêmes au Brésil, ils manquent de peu la mort, vivant ainsi une expérience traumatisante... qui aboutit toutefois à la réalisation de leurs espoirs.

LORENZO SANTOS

Policier au service des stupéfiants, Lorenzo est

l'amant de Nikki, dont il est le cadet de dix ans. Métis, il a une allure très soignée. Il est très amoureux de Nikki, ce qui le rend jaloux et anxieux. Il est dépendant d'elle comme on l'est d'une drogue (« Comme la pire des drogues, elle provoquait la dépendance dure et la souffrance », p. 126) et est presque piégé par ses sentiments pour elle : « Sa passion le consumait, emportant tout sur son passage. Une maladie d'amour le rendait fou et le détruisait à petit feu. Il avait conscience que cette femme était toxique [...], mais il était pris au piège, terrassé. » (p. 370)

Sa motivation première pour enquêter est la jalousie qui le possède (« Où était-elle ? Avec qui ? Il brûlait de le savoir », p. 130). Il est certain que Nikki le trompe avec Sebastian et veut prouver sa supériorité sur lui en résolvant le mystère de la disparition de Jeremy pour s'assurer ainsi l'amour et la fidélité de sa bienaimée : « Il devait réussir là où Sebastian Larabee était visiblement en train d'échouer. S'il parvenait à sauver Jeremy, Nikki lui en serait éternellement reconnaissante. » (p. 370) Cependant, c'est aussi « gagné par la fièvre de l'enquête » (p. 402) qu'il s'envole pour le Brésil, à ses risques et périls.

Il meurt en héros : alors qu'il est sur le point de mourir dans la carcasse de l'avion, après avoir été criblé de balles, il parvient à menotter Flavia, ce qui précipite sa mort lors de l'explosion de l'avion, et par conséquent garantit la survie de la famille Larabee.

CONSTANCE LAGRANGE

Française, Constance Lagrange est capitaine de la Brigade de recherche des fugitifs à Paris. Elle souffre d'un cancer du cerveau en phase terminale. Sa situation la rend irritable, car elle l'a dissimulée à ses supérieurs. Déterminée et autoritaire, elle se lance à la poursuite de Sebastian et Nikki, qu'elle croit d'abord coupables.

C'est une policière appréciant beaucoup son emploi, ce qui explique qu'elle n'hésite pas à passer la nuit sur le cas des Larabee (« pendant des heures, elle avait épluché tous les documents en sa possession », p. 328). Touchée par l'histoire rocambolesque de cette famille, elle leur fournit son aide, de l'argent, des papiers, un téléphone et les billets d'avion pour qu'ils retrouvent leurs enfants à Rio.

FLAVIA

Cette Brésilienne est entrée en contact avec Jeremy via la page Facebook de son groupe de musique préféré. Il s'agit d'une véritable pinup, à la « beauté trop parfaite » (p. 413).

Flavia se nomme en vérité Sophia Cardoza, « aussi connue sous le nom de "Barbie Narco" » (p. 463) ; c'est la fille de Pablo Cardoza, le chef du cartel de Seringueiros. Elle cherche d'ailleurs à prendre les rênes de l'organisation, tout en ayant pour couverture son travail de serveuse sur la plage d'Ipanema.

CLÉS DE LECTURE

UN ROMAN À SUSPENSE

La thématique et la structure de ce roman sont celles du thriller, comme l'annonce d'une certaine manière Guillaume Musso en débutant son récit par une citation du film *Vertigo* (1958) d'Alfred Hitchcock (cinéaste britannique naturalisé américain, 1899-1980) : « Pour rouler au hasard, il faut être seul. Dès qu'on est deux, on va toujours quelque part. » (p. 7)

De fait, Musso applique d'abord le précepte du maitre du suspense selon lequel le héros « est un homme ordinaire à qui il arrive des choses étranges » (« Interview de Guillaume Musso à propos de *7 ans après…* », mars 2012, in *guillaumemusso.com*). Les deux protagonistes ont en effet, au début du roman, une vie relativement banale, puis ils finissent par « être recherché[s] pour meurtre sur deux continents, sans compter un délit de fuite, une affaire de trafic de drogue, l'agression d'un capitaine de bateau-mouche » (p. 239), ou encore la dangereuse expédition dans la jungle amazonienne sous la menace des narcotrafiquants.

L'auteur semble ici se souvenir de la définition proposée par François Truffaut (cinéaste français, 1932-1984) et l'appliquer scrupuleusement dans le champ littéraire : « Le suspense est d'abord la dramatisation du matériel narratif d'un film ou encore la présentation la plus intense possible des situations dramatiques. » (TRUFFAUT F., *Hitchcock*, Paris, Gallimard, 1993, p. 11) Et en effet, Musso mobilise plusieurs techniques pour entretenir une atmosphère de menace et de tension caractéristique du thriller, indispensable pour susciter l'incertitude, la surprise et l'anxiété des protagonistes, ainsi que celles du lecteur :

- il a recours à la pluralité des points de vue. Le récit ne se focalise ainsi pas sur le point de vue d'un seul personnage, mais passe de l'un à l'autre au fil des chapitres. Le lecteur suit principalement l'intrigue à travers Nikki et Sebastian (qui sont les deux points de focalisation les plus importants), mais parfois, aussi, à travers les yeux d'un personnage secondaire (Santos, Constance ou Camille). Grâce à ces focalisations multiples, le récit avance plus lentement et de manière discontinue – reportant donc les révélations et les attentes du lecteur –, mais donne des éclairages différents sur les faits ou les personnages ;

- il construit son roman autour d'un jeu de piste, au sein duquel les parents doivent éclaircir les mystères qui se présentent à eux successivement. La vidéo du kidnapping de Jeremy, la chambre d'hôtel réservée, le ticket de la consigne de la gare du Nord, la mystérieuse soirée dans un bateau-mouche, le cadenas du pont des Arts, les coordonnées géographiques de la librairie parisienne et leur photo dans le livre vendu au libraire français ;
- à la mise en scène de Jeremy se greffe un grave quiproquo, puisque la famille Larabee se retrouve mêlée à une histoire de drogue, à des assassinats, et confrontée à de dangereux trafiquants.

En outre, Musso a encore recours à des procédés plutôt cinématographiques pour accrocher le lecteur, lui donner envie de poursuivre sa lecture et entretenir la tension. C'est notamment le cas du *cliffhanger* – ou suspens –, qui désigne un type de fin ouverte susceptible d'attiser les attentes du spectateur. Ici, il s'agit notamment de terminer chaque chapitre à un point crucial de l'intrigue, en laissant un nouvel élément déterminant du jeu de piste en suspens ou l'un des personnages dans une situation périlleuse. Citons par exemple la fin du chapitre XV où Sebastian, qui a découvert le cadavre mutilé de Decker dans le bar, se retrouve face à un guerrier maori surgi de la pénombre ; le chapitre s'achève sur ces mots qui appellent le lecteur à tourner la page pour connaitre le sort réservé au protagoniste : « Tétanisé, Sebastian resta cloué sur place. Il ne leva même pas les bras pour se protéger lorsque la lame s'abattit sur lui. » (p. 87)

Tout est donc très construit, si bien que même lorsque le mystérieux jeu de piste est éclairci et que la tension retombe, Musso relance le suspense en présentant un nouvel obstacle de taille et de nouvelles péripéties : la disparition des deux enfants, l'assassinat du frère de Decker et la découverte de la cargaison de drogue. Les protagonistes replongent donc dans un engrenage aux ramifications surprenantes, qui incite le lecteur à aller au bout du roman.

Notons encore qu'il n'est guère étonnant que

l'auteur se serve de techniques cinématogra-phiques, car son roman est par ailleurs très ancré dans la culture du cinéma. Jeremy rêve d'être réalisateur et le film de son enlèvement a été tourné au « quai mort » de la porte des Lilas qui accueille toujours actuellement « des prises de vues ou de publicités censées se dérouler dans le métro parisien » (p. 301). Outre l'allusion au film *Vertigo*, Musso évoque également plusieurs autres films tels que *Le Fabuleux Destin d'Amélie Poulain* (2011) de Jean-Pierre Jeunet (cinéaste français, né en 1953) ou le *Da Vinci Code* (2006) de Ron Howard (cinéaste américain, né en 1954).

LA THÉMATIQUE DES RETROUVAILLES

Dans *7 ans après...*, Sebastian et Nikki sont traumatisés par une séparation houleuse et destructrice qui a amené chacun à s'éloigner de l'autre avec l'un des jumeaux, coupant ainsi la structure familiale en deux. Si leurs aventures sont hors du commun, les thèmes de la famille et des retrouvailles restent quant à eux des plus classiques.

Des *flashbacks* (retours en arrière) relatent les premiers moments du couple. Ils se sont rencontrés un 24 décembre, 17 ans plus tôt, dans un magasin. Sebastian a remarqué Nikki, et a tout de suite eu le coup de foudre pour elle. Persuadée que « leur amour ne reposait que sur un malentendu » (p. 217), Nikki, quant à elle, a toujours vécu dans la peur d'être quittée. Certaine que leur rupture n'était qu'une question de temps, elle a pris de nombreux amants et est tombée dans une spirale autodestructrice qui a finalement fait « exploser leur couple » (*ibid.*). Lors d'un rendez-vous adultère, Nikki a oublié d'aller chercher ses enfants à l'école, et Camille a été renversée par un taxi, ce que Sebastian ne lui a jamais pardonné.

La disparition de leur fils les oblige à crever l'abcès. Aux reproches blessants de Nikki (« Tu m'as enlevé ma fille et tu t'es coupé de ton fils », p. 216), Sebastian répond avec hargne, lui rappelant aussi ses propres fautes (« Tu as oublié d'aller chercher les enfants à l'école parce que tu étais en train de te faire sauter par ton amant [...] et lorsque tu m'as rejoint à l'hôpital, tu puais l'alcool », p. 211). Des critiques justifiées dans une

Il explique : « J'en aime le rythme soutenu, les répliques pleines d'esprit et le renversement de rôles au sein du couple qui fait du personnage féminin l'élément moteur de l'action. Parmi ces films, mes préférés sont effectivement les comédies du remariage. » (*ibid.*)

LA *SCREWBALL COMEDY*
HOLLYWODIENNE

La *screwball comedy* est un sous-genre de la comédie, considéré comme plus loufoque. Il nait dans les années 1930 en réaction au contexte historique peu agréable de l'époque : la comédie, bien qu'absurde au premier degré, dénonce la situation mondiale en arrière-plan, en critiquant notamment le matérialisme. La plupart des films phares du genre furent tournés entre 1934 et 1942 (*New York-Miami* [1934], *La Huitième Femme de Barbe-Bleue* [1938], *Madame et ses flirts* [1942], etc.) et certains de leurs acteurs (Katharine Hepburn, Cary Grant, Clarke Gable [acteur de cinéma américain, 1901-1960]) demeurent de grands noms du cinéma américain.

De fait, *7 ans après...* peut être rapproché de la *screwball comedy* par plusieurs aspects :

- Nikki est dotée d'une personnalité forte et accorde une grande importance à sa liberté personnelle, comme c'est le cas des principaux personnages féminins de la *screwball comedy* ;
- le couple formé par Nikki et Sebastian semble, dès le début, destiné à se reconstituer, mais tous deux rencontreront d'abord une série d'embuches ;
- le thème du divorce et du remariage est omniprésent. Dans les *screwball comedy*, le remariage est présenté comme une fin en soi, le divorce n'étant pas définitif ; dans *7 ans après...*, le divorce n'est pas non plus définitif, puisque l'aventure rocambolesque vécue par les deux protagonistes leur permet de se réunir ;
- la thématique romantique de l'amour difficile, mais non impossible, est aussi l'un des éléments clés de la *screwball comedy*, tout comme il l'est dans le roman de Guillaume Musso.

À travers l'histoire de ce couple, Guillaume Musso propose donc une réflexion sur l'amour soumis à des épreuves incessantes à travers le temps. Au pont des Arts, devant les cadenas posés par les amants, le romancier s'interroge en ces termes : « Sur ces milliers de serments solennels, combien traverseraient réellement l'épreuve du temps ? » (p. 229)

UN MONDE EN MUTATION, UNE RÉALITÉ INSTABLE

Le récit de Musso est ancré dans le monde contemporain, changeant et instable :

> « Certes, il fallait vivre avec son temps, faire face, ne pas baisser les bras, mais personne ne croyait plus en rien. Les repères se brouillaient, les idéaux avaient disparu. Crise économique, crise écologique, crise sociale. Le système était à l'agonie et ses acteurs avaient rendu les armes : les politiciens, les parents, les enseignants. » (p. 21)

Dès lors, la critique sociale est introduite par petites touches dans l'œuvre. Sont ainsi évoqués :

- le mouvement des Indignés (p. 146), mouvement international et pacifiste qui organise des marches ou des protestations (et dont le célèbre manifeste est intitulé *Indignez-vous !*) qui témoignent de « l'exaspération de la classe

moyenne [qui] grandissait et se propageait »
(*ibid.*) ;

- des quartiers sensibles comme ceux des favélas, où il se trouve une « immense fresque bariolée criblée d'impacts de balle » (p. 337), ou le quartier latino de New York, où ont lieu trafics de drogue et parties de poker illégales ;
- l'instabilité qui crée les guerres et les révolutions, comme la révolution du Jasmin (2010-2011), et qui entraine la précarité des habitants ainsi que leur départ forcé pour l'Europe ;
- les renversements de situations provoqués par les crises où « les puissants d'hier ne s[ont] pas ceux de demain » (p. 146) ;
- la précarité que doivent accepter les jeunes diplômés qui « ont peu de perspectives » (p. 157) et qui, ajoutée à la situation de certains pays avec des gouvernements instables, les contraint à s'exiler et à commettre des crimes comme c'est le cas de Youssef, l'homme qui détrousse Sebastian (« Nous sommes tous arrivés par Lampedusa [ile italienne] au printemps dernier. Je cherche un emploi qualifié, mais ce n'est pas facile sans documents administratifs. Je n'en suis pas très fier, mais les petits trafics, c'est tout ce que j'ai trouvé. Ici, c'est le règne

de la débrouille, c'est chacun pour soi », *ibid*.) ;

- le « syndrome de Paris », où « des ambassades rapatriaient [...] des dizaines de touristes déstabilisés [...] par le décalage entre la vision idéale du Paris qu'on leur vendait dans les films et celle plus rugueuse de la réalité de la capitale » (p. 288), renvoie à l'idée d'une dissimulation de la misère pourtant bien réelle ;
- le règne des apparences, particulièrement à travers le jugement sévère porté par Nikki sur l'univers de la mode où « tout n'est qu'épuisement, lassitude, compétition » (p. 172), dans lequel elle n'était finalement « qu'une image, une femme jetable, un produit proche de sa date de péremption » (*ibid*.) ;
- une société où tout est fait pour pousser à la consommation, « un système organisé pour vous maintenir dans un état de dépendance » (p. 173). « Les agences de mannequins sont très fortes à ce petit jeu et souvent je ne travaille que pour rembourser leur commission et les frais de voyage », explique Nikki (*ibid*.).

C'est donc un monde impitoyable que dépeint Guillaume Musso ; un monde où les rêveurs et les idéalistes ne trouvent plus leur place, et où même la justice semble parfois impuissante : « Pour se donner bonne conscience, les flics font une descente tous les dix jours. Tu restes une nuit en garde à vue, tu paies une amende et, le lendemain, tu es de retour sur le pavé. » (p. 157)

Le roman de Musso, auteur populaire par excellence, présente néanmoins une plus grande complexité qu'il n'y parait. Savamment orchestré, le récit recèle de nombreuses influences cinématographiques, tant au niveau des thématiques qu'en termes de construction narrative. Surtout, il allie des thèmes pouvant parler à tout un chacun (la famille, la réconciliation, la romance, etc.) avec de nombreuses péripéties articulées au sein d'une intrigue policière ; de quoi éveiller l'intérêt du plus grand nombre et expliquer l'immense succès rencontré par l'ouvrage en librairie.

PISTES DE RÉFLEXION

QUELQUES QUESTIONS POUR APPROFONDIR SA RÉFLEXION...

- En vous référant aux premiers chapitres, exposez en quoi Sebastian et Nikki ont une vision opposée du couple, du monde et de l'éducation.
- Expliquez les étapes de la trajectoire amoureuse de Sebastian et Nikki, depuis leur rencontre jusqu'à la reconstitution de leur couple.
- En quoi les deux *flashbacks*, présentés du point de vue de Sebastian puis du point de vue de Nikki, sont-ils pertinents dans la résolution du mystère ?
- L'auteur a dissimulé plusieurs indices concernant le faux enlèvement de Jeremy. Quels sont-ils ?
- De quelle manière le roman s'ancre-t-il dans le monde moderne ?
- Quelles critiques de la société sont perceptibles dans le roman ?
- Comment est généré et entretenu le suspense

dans l'œuvre de Guillaume Musso ?

- Dans quelle mesure peut-on dire que ce roman entretient un lien étroit avec le genre de la *screwball comedy* américaine ?
- Des références à des films émaillent le récit. Lesquelles ? De manière générale, certaines situations sont elles aussi typiques du septième art. Relevez-en quelques-unes et commentez-les.
- L'écriture de Guillaume Musso est très visuelle, dynamique et, en un sens, cinématographique. Choisissez un chapitre (ou plusieurs) de *7 ans après…* et réfléchissez à la manière de le(s) transposer à l'écran.

POUR ALLER PLUS LOIN

ÉDITION DE RÉFÉRENCE

- Musso G., *7 ans après...*, Paris, XO Éditions, 2012.

ÉTUDES DE RÉFÉRENCE

- « Interview de Guillaume Musso à propos de *7 ans après...* », mars 2012, in *guillaumemusso.com*, consulté le 21 aout 2017. http://www.guillaumemusso.com/roman/7-ans-apres/
- Truffaut F., *Hitchcock*, Paris, Gallimard, 1993.

SUR LEPETITLITTÉRAIRE.FR

- Fiche de lecture sur *Central Park* de Guillaume Musso.
- Fiche de lecture sur *Et après...* de Guillaume Musso.
- Fiche de lecture sur *La Fille de Brooklyn* de Guillaume Musso.
- Fiche de lecture sur *La Fille de papier* de Guillaume Musso.
- Fiche de lecture sur *L'Appel de l'ange* de

Guillaume Musso.

- Fiche de lecture sur *Que serais-je sans toi ?* de Guillaume Musso.

Retrouvez notre offre complète sur lePetitLittéraire.fr

- des fiches de lectures
- des commentaires littéraires
- des questionnaires de lecture
- des résumés

ANOUILH
- Antigone

AUSTEN
- Orgueil et Préjugés

BALZAC
- Eugénie Grandet
- Le Père Goriot
- Illusions perdues

BARJAVEL
- La Nuit des temps

BEAUMARCHAIS
- Le Mariage de Figaro

BECKETT
- En attendant Godot

BRETON
- Nadja

CAMUS
- La Peste
- Les Justes
- L'Étranger

CARRÈRE
- Limonov

CÉLINE
- Voyage au bout de la nuit

CERVANTÈS
- Don Quichotte de la Manche

CHATEAUBRIAND
- Mémoires d'outre-tombe

CHODERLOS DE LACLOS
- Les Liaisons dangereuses

CHRÉTIEN DE TROYES
- Yvain ou le Chevalier au lion

CHRISTIE
- Dix Petits Nègres

CLAUDEL
- La Petite Fille de Monsieur Linh
- Le Rapport de Brodeck

COELHO
- L'Alchimiste

CONAN DOYLE
- Le Chien des Baskerville

DAI SIJIE
- Balzac et la Petite Tailleuse chinoise

DE GAULLE
- Mémoires de guerre III. Le Salut. 1944-1946

DE VIGAN
- No et moi

DICKER
- La Vérité sur l'affaire Harry Quebert

DIDEROT
- Supplément au Voyage de Bougainville

DUMAS
- Les Trois Mousquetaires

ÉNARD
- Parlez-leur de batailles, de rois et d'éléphants

FERRARI
- Le Sermon sur la chute de Rome

FLAUBERT
- Madame Bovary

FRANK
- Journal d'Anne Frank

FRED VARGAS
- Pars vite et reviens tard

GARY
- La Vie devant soi

GAUDÉ
- La Mort du roi Tsongor
- Le Soleil des Scorta

GAUTIER
- La Morte amoureuse
- Le Capitaine Fracasse

GAVALDA
- 35 kilos d'espoir

GIDE
- Les Faux-Monnayeurs

GIONO
- Le Grand Troupeau
- Le Hussard sur le toit

GIRAUDOUX
- La guerre de Troie n'aura pas lieu

GOLDING
- Sa Majesté des Mouches

GRIMBERT
- Un secret

HEMINGWAY
- Le Vieil Homme et la Mer

HESSEL
- Indignez-vous !

HOMÈRE
- L'Odyssée

HUGO
- Le Dernier Jour d'un condamné
- Les Misérables
- Notre-Dame de Paris

HUXLEY
- Le Meilleur des mondes

IONESCO
- Rhinocéros
- La Cantatrice chauve

JARY
- Ubu roi

JENNI
- L'Art français de la guerre

JOFFO
- Un sac de billes

KAFKA
- La Métamorphose

KEROUAC
- Sur la route

KESSEL
- Le Lion

LARSSON
- Millenium I. Les hommes qui n'aimaient pas les femmes

LE CLÉZIO
- Mondo

LEVI
- Si c'est un homme

LEVY
- Et si c'était vrai…

MAALOUF
- Léon l'Africain

MALRAUX
- La Condition humaine

MARIVAUX
- La Double Inconstance
- Le Jeu de l'amour et du hasard

MARTINEZ
- Du domaine des murmures

MAUPASSANT
- Boule de suif
- Le Horla
- Une vie

MAURIAC
- Le Nœud de vipères

MAURIAC
- Le Sagouin

MÉRIMÉE
- Tamango
- Colomba

MERLE
- La mort est mon métier

MOLIÈRE
- Le Misanthrope
- L'Avare
- Le Bourgeois gentilhomme

MONTAIGNE
- Essais

MORPURGO
- Le Roi Arthur

MUSSET
- Lorenzaccio

MUSSO
- Que serais-je sans toi ?

NOTHOMB
- Stupeur et Tremblements

ORWELL
- La Ferme des animaux
- 1984

PAGNOL
- La Gloire de mon père

PANCOL
- Les Yeux jaunes des crocodiles

PASCAL
- Pensées

PENNAC
- Au bonheur des ogres

POE
- La Chute de la maison Usher

PROUST
- Du côté de chez Swann

QUENEAU
- Zazie dans le métro

QUIGNARD
- Tous les matins du monde

RABELAIS
- Gargantua

RACINE
- Andromaque
- Britannicus
- Phèdre

ROUSSEAU
- Confessions

ROSTAND
- Cyrano de Bergerac

ROWLING
- Harry Potter à l'école des sorciers

SAINT-EXUPÉRY
- Le Petit Prince
- Vol de nuit

SARTRE
- Huis clos
- La Nausée
- Les Mouches

SCHLINK
- Le Liseur

SCHMITT
- La Part de l'autre
- Oscar et la
  Dame rose

SEPULVEDA
- Le Vieux qui
  lisait des romans
  d'amour

SHAKESPEARE
- Roméo et Juliette

SIMENON
- Le Chien jaune

STEEMAN
- L'Assassin
  habite au 21

STEINBECK
- Des souris et
  des hommes

STENDHAL
- Le Rouge et
  le Noir

STEVENSON
- L'Île au trésor

SÜSKIND
- Le Parfum

TOLSTOÏ
- Anna Karénine

TOURNIER
- Vendredi ou
  la Vie sauvage

TOUSSAINT
- Fuir

UHLMAN
- L'Ami retrouvé

VERNE
- Le Tour
  du monde
  en 80 jours
- Vingt mille
  lieues sous
  les mers
- Voyage au
  centre de
  la terre

VIAN
- L'Écume des jours

VOLTAIRE
- Candide

WELLS
- La Guerre des
  mondes

YOURCENAR
- Mémoires
  d'Hadrien

ZOLA
- Au bonheur
  des dames
- L'Assommoir
- Germinal

ZWEIG
- Le Joueur
  d'échecs

ISBN version numérique : 978-2-8062-518-79
ISBN version papier : 978-2-8062-523-19
Dépôt légal : D/2017/12603/759

Avec la collaboration de Kelly Carrein pour l'étude des personnages des jumeaux, de Lorenzo Santos, de Constance Lagrange et de Flavia, ainsi que pour l'encadré sur la « screwball comedy hollywoodienne ».

Conception numérique : Primento,
le partenaire numérique des éditeurs.

Ce titre a été réalisé avec le soutien de la Fédération Wallonie-Bruxelles, Service général des Lettres et du Livre.